어느 토요일
오후

어느 토요일 오후

2024년 4월 15일 초판 1쇄 발행

지은이 김순선
펴낸이 김영훈
편집인 김지희
디자인 김영훈
편집부 이은아, 부건영
펴낸곳 한그루
　　　　출판등록 제651-2008-000003호
　　　　제주특별자치도 제주시 복지로1길 21
　　　　전화 064 723 7580 전송 064 753 7580
　　　　전자우편 onetreebook@daum.net 누리방 onetreebook.com

ISBN 979-11-6867-161-4 (03810)

이 책은 제주특별자치도와 제주문화예술재단의
2024년 제주문화예술재단 지원사업 후원을 받아 발간되었습니다.

값 10,000원

어느 토요일 오후

김순선 시집

한그루

어느 토요일
오후

들깨 바람 불어오는 들판 쏘다니듯
거리를 기웃거리다
중산간 마을에 펼쳐지는 별들의 고향 같은
메밀 집 간판 보고 무작정 들어갔다
하얀 소금꽃이 서걱거리는 메밀밭 언저리에서
오랜 시간 숙성된
가늘고 긴 이야기가 이어지는
담백한 메밀국수 속으로

목적 없이 시선이 머무는 곳에서
물결 사이에 고여있는
풍경을 조준하며
왜가리 걸음으로
물 위를 더듬는다

돌담 위에 앉아 멍때리는 길고양이처럼

물속을 들여다보노라면

누군가 떨어뜨린

주인 없는 이야기 하나

말갛게 고개를

내민다

어느 토요일 오후

1부
바다의 숨소리를 들으며

2부

정전된 카페에서

3부

새가 허공의 세계를 넓혀 가듯이

4부

베지근한 가을

5부

봄을 피워 올렸다

1부 —————————— 바다의 숨소리를 들으며

성산포의 아침

- 김용주 미술전 '바람 생기는데'를 보고

갈매기들의 날갯짓 소리에
기지개를 켜는 아침
바다의 술렁거림으로 성산포가 밝아온다

긴긴밤 어둠 속에서 날개를 접어
고단한 하루와 뒹굴다가
근심과 걱정 다 떨쳐버리듯
부르르 날개를 털며
설렘으로 아침을 맞이한다

바람, 너는 나의 날개
나의 에너지
여행 가방을 챙기듯
바람의 방향을 바라보며
바람을 맞대한다
오늘 다시 바람 앞에 곤두박질치는 순간이 다가와도
더 높이 더 멀리
비상을 꿈꾸며 하루를 시작하련다

오종종 모여든

갈매기들의 피난민 수용소 같은

시끄러운 성산포의 아침은

황금빛으로 밝아오는

희망이어라

빛이 내리어

- 김용주 미술전 '바람 생기는데'를 보고

자구리 해안의 오후에 빛이 내리어
바다 이랑에 음표를 달아주시고
음표들이 노래를 부를 때
겡이들이 돌 틈에서 기어 나와
아이들 물장구치며
물보라 같은 웃음소리 무지개 걸렸네

자구리 해안의 오후에 빛이 내리어
고운 명주 실오라기 같은 햇살로
물비늘 만들어 주시고
물비늘들이 한데 어울려 어깨춤을 추네

자구리 해안의 오후에 빛이 내리어
은박지 한 장 펼쳐놓으시면
어데서 가마우지 한 마리 날아와
가난한 화가의 전설 같은
추억의 별 가루를 줍는다

나무로 살아가기

- '2022년 작은세상 그 예술의 풍경 선물전' 강미순 작품을 보고

말을 아끼듯

몸으로 말하는 사람

주홍글씨 같은 침묵을 목에 걸고

모진 세월 버티어왔네

날마다 토해내고 싶은 울분

안으로 삭이며

오롯이

내가 나다움으로 살아갈 수 있었던 것은

햇빛과 비와

바람의 사랑으로

인내의 시간을 견딜 수 있었으리라

흉흉한 세월 다 보내면서도

잎을 피울 수 있었으리라

가지가 휘어지며 몸이 뒤틀리면서도

누군가의 그늘이 될 수 있었으리라

내 이름으로

살아갈 수 있었으리라

너에게로

- 김경숙 사진전을 보고

기적 소리 같은
파도의 심장 소리 들린다
먼바다에서부터
숨 가쁘게 달려와
쓰러지듯 엎디어
온몸으로 백사장을
어루만진다

썰물과 밀물 사이에서
짧은 재회를 위하여
뼛속 깊이
에로스의 사랑을
고백한다

물거품처럼 흩어지는
소유할 수 없는
파도 같은 사랑
백사장의 심장을 두드리다 돌아가는

길목에

사랑의 물집 같은

조개껍데기 하나 솟아올랐다

아름다운 능선

- 김성준의 '빛은 흐르고 '사진전을 보고

사막을 건너온
낙타의 등 같은
조랑말의 능선
초원을 달리던 오름을 닮아가는 곡선 위에
빛이 흐른다

어둠을 밀어내며
따뜻한 봄을 기다리는
바람 따라 가지를 뻗듯
고개 숙인 그의 꿈이
꿈틀거린다

듬성듬성 늘어진 갈기 뒤로
오름을 닮아가는 그의 등허리가
시리도록 아름답다

외딴곳

- 김효진의 '외딴 그곳에' 사진전을 보고

연일 대설 주의보
외딴곳에 고립된 돌담집
온 세상 하얀 눈으로 덮인
고요 속에
참새 발자국 하나 없는
고립된 섬

저녁연기도 피어오르지 않는
가족의 안부조차 끊긴 곳
바람의 구슬픈 노래만이
가지를 흔드는
외딴곳
깊은 수렁 속에 빠진 듯
세상과 소통하지 못한
침묵이 쌓여간다

저만치 손끝 내미는
마른 풀같이
내일은 따뜻한 마음이
너를 향한 길을
내어주리라

한 마리 새를 위하여

- 이영란 '섬이 견디는 시간' 사진전을 보고

저녁노을을 날아간

이름 없는 한 마리 새를 위하여

작은 불빛 아스라이 밤을 밝히는 시간

쓸쓸한 밤하늘 별들을 바라보며

섬의 고요 속으로

별똥별 추억 하나 쏘아 올린다

수런거리는 나뭇잎들 사이에서

요람을 흔들며 한낮의 평화를 꿈꾸던

먹이를 찾아 아름다운 들판을 쏘다니던

고단한 날개를 접을 때

하늘은 고요를 덮으며

서서히 스러져 가는 노을 속으로

섬을 부른다

밤새 자장가를 불러주는

바다의 숨소리를 들으며

섬은

긴긴밤을 지새운다

새끼 돌고래

- 김만덕 나눔 그림전, 최민서의 '꿈꾸는 섬'을 보고

형제섬 앞바다에서
엄마 따라 힘차게 물살을 가르며
꿈을 꾸는 새끼 돌고래
엄마는 물의 파장으로 아기 마음을 읽어냅니다
바다 거울을 바라보는 아기 돌고래도
달빛 같은 엄마의 시선 위에
안개꽃 한 무더기 피워올립니다

돌고래 재롱 앞에서는
아무 말 하지 않아도
속내를 보이지 않아도
어두운 마음 아이스크림처럼 녹아내립니다
형제섬 앞바다도 은근슬쩍
돌고래 따라
어깨춤을 춥니다

첫눈이 살포시 바다와
입맞춤하는 날

새끼 돌고래는 더욱 힘차게 헤엄을 칩니다

하얀 눈의 축복을 받으며

불끈불끈 파도 같은 근육으로

푸르게 푸르게 나아갑니다

향수

- '여기, 한라산-송당' 김연숙 그림전을 보고

어느 날 꿈을 꾸었네
어머니 같은 한라산 앞에서
곶자왈마다 솟아오른 오름 사이를
어린 새 한 마리
아무 시름 없이 날아다니다
길을 잃었네

눈 감으면 떠오르는
어머니 젖가슴 같은
그리운 고향
오름

불쑥불쑥 솟아오르는
그리움같이
저, 부드러운 곡선 사이에서
몽유병 환자처럼
길을 잃고
꿈속을 헤매네

별을 낚는 사람

- '섬에서 노는 법' 이영란 사진전을 보고

별빛이 반짝이는 황금빛 노을 속에서
낚시하는 사람
낚싯대에 올라온 피라미 한 마리
부러운 눈으로 쳐다보는 가마우지
멀리서 풍차같이 달려오는
갈매기 한 마리

어디선가 트럼펫 소리 들려온다

여름밤 멍석 위로
무수히 쏟아져 내리던 별빛 아래
꿈을 꾸던 유년의 소년같이
황홀한 은행나무 숲에서
사랑을 줍던 소녀같이

황혼이 깃든 저녁 바다에

꿈을 드리우고

별을 낚는 사람

추억을

사랑을

혼자서

잘도 낚는다

용천수의 꿈

- '용천수의 꿈' 홍진숙 작품전시회를 보고

보름달 떴다
태곳적 어미의 가슴 깊은 곳에서
맑고 푸른 아기의 눈동자
살아 숨쉰다

한없이 푸르른 가슴으로
끝없이 피어나며
솟아오르는 노랫소리
리듬 타 흐른다

이름 모를 새소리 같은
재잘거림으로
정결하게 걸러내어
스며들 듯 당도한 곳
우물 깊은 당신의 마음

기쁨이 솟아나네

- '법환 공물깍' 홍진숙 그림전을 보고

섶섬과 문섬 앞에

생명수 같은 공물깍 보았네

베데스다 연못에서

물이 동하기를 기다리던 환자처럼

솟아오르는 물속으로

삶에 찌든 나른한 몸을

적시고 싶네

태곳적 생명이 용솟음치는

공물깍 바라보는 마음에

아련한 기쁨이 밀려오네

남방큰돌고래 물을 뿜어내듯

가난한 마음에도

마르지 않는 샘물이 솟아나네

슬픔을 몰아내며

화수분 같은 기쁨이

솟아나네

아름다운 귀

- '망부석' 이종학 사진전을 보고

지아비의 발자국 소리를
애타게 기다리던 그날 밤부터
그녀의 귀는
소라껍데기 닮아갔다

먼바다로부터
지아비의 숨소리가 들리는 듯
점점 바다를 향하여
소라껍데기 같은 귀를 기울인다

그리움의 눈물이
뚝뚝
발등으로 떨어져 내려
갯가를 메운 돌
지아비를 그리워하는 마음
현무암 돌 위에
소금꽃 피었다

토산 노단샘

- '용천수의 꿈' 홍진숙 그림전시회를 보고

곶자왈 숲에 이야기꽃이 피어나듯
고사리 병풍 치며 푸르름이 솟아나듯
네모반듯한 애기구덕 안에
노단샘이 누워있다
맑고 투명한 얼굴로
깨끗하고 정의로운 삶을 꿈꾸는
제주의 아들딸들에게
생명의 젖줄을 건네고 있다
삶의 길도
곧장
노단 길로 가당 보민
언젠가는 모두
바당에서 만나게 되리

태곳적 여인

- '오름에서 별을 헤다-12' 홍순용 전시회를 보고

여인이 모로 누워있다
시름에 뒤척이다 하얗게 밤을 지새웠다

민들레 홀씨 되어
날아간 한숨 소리
밤하늘 수놓았다

밤이 새도록 별을 헤이다
살포시 초승달을 하늘에 걸어놓고
여인이 모로 누워있다

성에 낀 유리창

- '세한 설송' 홍순용 전시회를 보고

설 아침 작은 보폭으로 아버지 뒤를 따랐다
이마 위에 하얀 꽃잎 사르르 녹아내리고
입술 위에서 배추흰나비 달싹거렸다
동산 위 소나무밭 가까워질수록
세찬 눈바람 밀려와 눈앞이 흐려졌다
뻣뻣해진 얼굴 외로 돌리고
침묵을 삼키며 따라가던 길

눈바람은 넋두리 같은 꼬장꼬장한
아픈 말들을 마구 쏟아내고
소나무는 죄인처럼 점점 고개를 숙이던 풍경
성에가 잔뜩 낀 유리창에
눈물이 번진 것 같은 소묘

마을 어귀 들어서면
돌담 의지하여
툭툭 눈을 털어내면
푸른 솔가지 같은 새해가
기다리고 있었다

2부 —————————————— 정전된 카페에서

차나 마시게

- 다소재 찻집에서 '경주' 영화를 보고

예스러운 경주 풍경 속에
허름한 변두리 찻집
색바랜 창호지 문 너머
고즈넉한 처마 밑에서 들려오는
빗소리
7년 전 벽에 붙어있던 춘화를 떠올리며
차를 마신다

창문만 열면
눈앞에 펼쳐지는 능선
경주는 능선 따라 하루를 시작한다
삶과 죽음을
오르락내리락하며

오늘은 40대의 황차를 마신다
맑은 하늘처럼 깨끗한
부드러운 하늘을 마신다
욕망을 걸러낸

한 모금의 차로
아름다운 능선과 같은 삶을
엿본다

근심과 불안을 걸러내며
편안함을 마신다
목마르지 않아도
지금
여기 와서
차나 한잔 마시게

수레바퀴

- 극단 파노가리의 '수레바퀴' 연극을 보고

소녀는 울고 있어요

지긋지긋한 가난 때문에

돈이 없어서 절망하고 있어요

시나가넌 노신사 딱한 사연을 듣고 조건 없이 돈을 줍니다

돈이 필요한 사람은 누구나 다 노신사를 찾아갑니다

힘든 택배 일을 하지 않아도

장사를 하지 않아도

농사를 짓지 않아도 돈이 넘쳐납니다

화장지는 없어도

돈은 넘쳐납니다

사람들은 점점 게으르고 타락의 길로 달려갑니다

가치를 잃은 돈은 낙엽 되어 길가에 뒹굽니다

돈만 있으면 부자가 되면 행복할 것 같았는데

지금은 돈이 있어도 행복하지 않습니다

사회는 마비되고

돈으로도

총으로도

혼란스러운 사회를 다스릴 수 없습니다

절규하는 사람들의 아우성이 들릴 뿐

부풀어 오르던 애드벌룬 곤두박질칠 때

여기저기 불꽃이 일어납니다

욕망의 돈을 태워버립니다

다시 돌아올 봄을 위하여

논두렁을 태우듯 활활 타오릅니다

단팥 인생

- 다소재 찻집에서 영화 '앙'을 보고

벚꽃이 눈부시던 날

슬픈 너의 눈을 보았을 때

나의 발걸음은 너의 창 앞에 서 있었다

균일한 제복을 입은

영혼 없는 앙금을 넣은 도라야끼 같은

센타로의 삶에

아르바이트생으로 도쿠에 할머니가 찾아왔다

그녀는 벚꽃과 같은 화사한 햇빛과

바람 같은 자유로운 나날을

선물해주었다

팥이 밭에서 농부의 손을 거쳐

여기 이 자리에 오기까지

바람과 비와 눈과 햇빛이

수많은 수고로움과 정성으로 당도했으니

한 알 한 알 팥을 골라내고

물을 담그고

끓이고

천천히 비린내를 흘려보내며

다시 끓이고

정성으로 뜸을 들여야 한다

팥과 물엿이 처음 만나는 순간

서로를 알아가며 스며드는 시간이 필요하듯

우리의 만남도

기다림이 필요하다

팥의 소리에 귀를 기울이며

마음을 다하여 정성으로 팥을 대할 때

팥의 소리를 들을 수 있다

팥의 소리가 들릴 때 비로소

맛있는 단팥 앙금을 얻을 수 있다

오랜 기다림으로 마음을 다할 때

달빛의 소리도

새의 마음도

들을 수 있나니

의자

- 예술공간 오이 '자의적 의자' 연극을 보고

의자는 왜 존재하는가?

스스로를 위해서

누군가를 위해서

장소에 따라 의자의 존재가

달라지는 것일까

의자에 따라 사람의 존재가

달라지는 것일까

식탁에 의자 책상에 의자 피아노에 의자

택시에 의자 휠체어에 의자 공원에 의자……

의자에 집착하는 주인공

그가 죽음을 생각했을 때

의자가 그에게 말을 걸어온다

존재에 대해

살아가야 할 이유를

인간의 최후는 아무도 예측할 수 없다

다만 그 순간까지

최선을 다할 뿐이다

존재에 감사하며

살아있음에 감사하며

관

- 극단 가람 '가로묘지주식회사' 연극을 보고

강남에서

북으로 북으로

원룸에서 고시텔로

위로 위로 올라가다 마지막

당도한 곳

관

잠자는 기능만이 가능한 이곳

사람보다 돈을 중시 여기는 가로와

돈보다 사람을 중시 여기는 세로 남매의

묘지주식회사

치열한 자본주의 사회에서

그들도 살아남기 위해

약자를 횡포할 수밖에 없었던

악순환

임대료가 밀려 쫓겨나고

거리로 내몰리는

가난한 세입자들

죽어라고 일을 해도

의식주 하나 제대로 해결하지 못하는

죽어라고 일을 하고 싶어도

일할 곳이 없는

결국 내 몸 하나 누울

관마저 얻지 못하고

거리로 내몰리는

세입자들

그림의 떡

- 독립영화 '복지식당'을 보고

사고로 장애인이 된 청년 재기는
거동조차 힘든 중증인데도
장애인 등급은 경중이다
경중 장애인에게는
전동휠체어, 지팡이, 가사도우미, 장애인 콜택시 이용,
대출, 취직 등등
어느 것 하나 쉬운 게 없다
규정 때문에
중증장애인이 아니라고

세상의 문턱은 높기만 하고
재기는 살아갈 길이 막막한데
언제나 뱀의 혀는 달콤하게
친절의 가면을 쓰고 다가온다
중증장애인 등급을 받게 해주겠다고
취직을 시켜 주겠다고
어수룩한 재기의 곶감을 빼먹는다
재기의 미래를 저당 잡혀 대출한 돈

누나의 젖꼭지 같은 노동을 가불한 돈
남매의 일상마저 꿀꺽 삼켜버렸다
그래도 살아보겠다고
기를 쓰며 올라오는 잡초를
가래침 뱉어 뭉개버리듯
담배꽁초 비벼 끄듯 짓밟아버린다

누가 봐도
나는 중증장애인인데
중증장애인임을 증명하라니
증명할 길이 없다니
우리나라 복지는 아직도
그림의 떡인가 보다

나는 선택할 수 없어요

- '소피의 선택' 영화를 보고

이것 아니면
저것
우리의 삶은 선택의 연속이어라
엄마가 좋아, 아빠가 좋아
유치한 강요를 하며
짜장 아니면 짬뽕과 같은
가벼운 일상에서부터
매 순간순간 운명에 이르기까지

아우슈비츠 수용소 가스실 앞에서
한 여인이 절규한다
나는 선택할 수 없어요!
열 달 품어 배 아파 낳은
목숨보다 귀한 내 자식을 선택해야 하는
가혹한 형벌이 내려졌다
딸, 아들 둘 중 한 사람만을 데리고 갈 수 있다니
누군가 한 사람은 검은 연기로 사라져야 한다
야속한 운명 앞에서

끔찍한 절규의 순간에도
그래도,
누군가 한 사람은 살려야 하기에
선택의 기로에 선 소피

점점 멀어져 가는
딸아이의 울음소리
어미 가슴을 갈기갈기 찢어놓는다

소통의 부재

- 극단 파노가리 '아니, 그러니까, 제 말은~' 연극을 보고

정전된 카페에서
고성이 오고 간다
상대방도 확인하지 않은 채
서로서로 자기 이야기만
소리소리 지른다

승용차를 들이박은 카페 사장은
합의를 보려고
소개팅 나온 고상해 앞에서 쩔쩔매고
처음으로 소개팅 나온 시골 노총각은
엉뚱한 차주 앞에서
마음 설렌다
일방통행하듯
서로 다른 상대를 향해
자기 말만 쏟아 놓는다

말은 아무런 의미 없이 소음으로 날아다니고
의미는 골방에 갇혀 헤어나지 못한다

혼돈된 언어 속에서 바벨탑이 무너지듯

정전된 카페에서 말은

길을 잃고

헤맨다

조르바, 너는 지금 뭐하니

- '그리스인 조르바' 영화를 보고

내가 오늘 처음 세상을 대하는 것처럼
감탄할 수 있다면
골목길을 걷다가 돌멩이를 만나도
새소리를 듣거나 풀꽃을 보면서도 처음 보는 것처럼
어린아이처럼 감탄할 수 있다면
나는 누군가를 만나면서도
내 머릿속은 수십 가지 생각으로
거미줄을 치며 그네를 탄다
일을 하면서도 빌딩을 지었다 허물었다
모래성을 쌓는다
지금 이 순간
눈앞에 있는 것에 최선을 다할 수 있다면
내게도 놀람과 감탄으로 환희를 느끼며
꽃의 말을 들을 수 있는 열린 귀가 있다면
소유에 대한 무거운 집착을 훌훌 벗어던지고
나의 감옥에서 용감하게 탈출하여
자유를 누릴 수 있다면
우리 함께 춤을 출 수 있겠지

조르바, 너는 지금 뭐하니?

(키스해)

(그럼 딴생각하지 말고 키스하는 데만 집중해)

산토르 악기 소리가 강물같이 밀려온다

사업의 실패 앞에서도

갈탄광을 다 말아먹고도

하늘 보고 땅을 보며 덩실덩실 춤을 추며

새처럼 날아오른다

해무

- 극단 가람 '해무' 연극을 보고

공미리 잡이를 나선 전진호 선원들
만선의 꿈을 꾸지만
공수표를 날린다
거듭되는 조업의 실패로
선장은
조선족 밀항에 손을 댄다

딱 한 번의 기회로
전진호도 살고
선원들도 목돈 한번 쥐어보자고
양심 같은 건 바다로 던져버렸다

조선족 사연도 가지가지
밀항한 남편을 만나러
오빠를 찾아서
어린 자녀를 떼어놓고 돈을 벌겠다고
저마다의 꿈을 갖고
어창에 몸을 숨겼다

심한 풍랑과

해경의 눈을 피해

한 치 앞을 내다볼 수 없는

해무와 싸우며 전진을 해보지만

잡힐 듯 잡힐 듯

잡히지 않는 안개처럼

그들의 꿈을

지우개로 지우며 지나갔다

잘살아 보자고

목돈 한번 잡아보겠다던 허황된 꿈은

산산조각이 나고

그 좁은 어창에서 잠을 자듯

꿈을 베고 집단 질식되었다

한 치 앞도 내다볼 수 없는

우리의 인생

3부 ——————————— 새가 허공의 세계를 넓혀 가듯이

욕망

- '노트르담 드 파리' 뮤지컬을 보고

마법에 걸린 듯
사람들은 사랑에 눈이 멀었네
집시여인의 무희 속으로
너도나도 빨려들어 가네

세상에서 가장 추한 종지기 꼽추가
세상에서 가장 아름다운 집시여인을
사랑해 버렸네
근위대장도 약혼녀를 배신하고 사랑에 빠졌네
세상에서 가장 성스러운 성직자도
집시여인의 사랑을 구걸하네

황홀한 착각을 사랑의 진실이라 믿고 싶었지
당신 아니면 안 될 것 같은 눈먼 집착으로
내가 무너지고
우리가 무너지네

노랑나비 춤사위 따라

모두 모두 날아가네

낭떠러지를 향해

저 깊은 수렁 속으로

사랑의 노예

- 오페라 '삼손과 데릴라'를 보고

달콤한 아리아의 선율에서

꿀이 뚝뚝 떨어진다

암사자 같은 데릴라의 관능적 애무로

삼손의 마음을 옴짝달싹 못 하게 묶어버렸다

원시의 동굴 속으로 유인하듯

이방 여인의 치마폭 속에서

허우적거리는 삼손

하나님을 배신하고

하나님으로부터 받은 힘의 비밀을

데릴라의 사랑과 바꿔버렸다

하늘에서 천둥소리 들린다

하나님의 능력이 떠난 삼손은

허수아비 되어

블레셋 사람들의 손에 두 눈마저 빼앗겼다

사랑의 노예가 되어

그들의 조롱 속에 연자방아를 돌리는

비참한 삼손의 모습

억장이 무너진다

봄의 제전

- 발레 '봄의 제전'을 보고

봄의 맥박이 요동친다

겨울의 끝자락에서 숨 가쁘게 달려온

기적 소리 들린다

얼음 사이로 고개를 내미는 복수초같이

긴긴밤 대지의 자궁에서

꿈꾸던 씨앗들

생명이 꿈틀거리며 천지를 뒤흔든다

부족들 춤 사이로

유년의 기억 모락모락 피어난다

달 밝은 밤

올래동산에 모여든 아이들

우리 집에 왜 왔니?

왜 왔니?

떼창을 부르며 놀던 풍경이

리듬 타 출렁거린다

강렬한 춤사위는 무르익어 가고

마른하늘에 날벼락 치듯

천둥소리 들린다

김녕사굴 전설이 떠오른다

혼란과 두려움 속에

선택된 여제

태양신께 바친다

슬픈 오해

- 오페라 '오셀로'를 보고

사악한 이아고는 언제나 뱀같이

다가온다

의심은 스멀스멀 기어오르고

등나무같이 칭칭

사람들의 마음을 동여맨다

질투의 불씨는 마른 장작 위에서

활활 타오른다

용맹스럽고 믿음직했던 장군의 모습은

초라한 의처증 환자 되어가고

상상의 날개는 의심의 늪에서 허우적거린다

애처로운 데스데모아

죽음의 그림자는 서서히 다가오는데

나는 당신만을 사랑했습니다

사랑의 진실을 알릴 길이 없구나

시시각각 다가오는 운명의 잔을 마셔야 하는

쓸쓸한 이 밤

모든 것을 내려놓은 듯

땅속으로 꺼져 들어가는

애절한 버들의 노래

가슴을 파고든다

영원한 사랑

- 오페라 '안드레아 세니에'를 보고

누구나 한 번쯤 사랑의 그늘에서

뒤척이던 밤이 있었으리라

모닥불처럼 활활 타오르기도 하고

하루아침에 사그라지기도 하는

변덕스러운 바람 앞에 인생을 걸기도 하고

가슴에 품기도 하며 괴로워해 보았으리라

제라르는 한때 순수한 마음으로 혁명에 가담했지만

권력을 소유하게 되자 욕망이 불타올랐다

마달레나는 사랑하는 안드레아 세니에를 살리기 위해

제라르의 욕망 앞에 자기의 육체와 맞바꾸려 한다

(나는 이미 죽은 몸이에요. 내 육체를 가지세요.)

세니에를 향한 진정한 사랑이 제라르를 굴복시켰다

순결한 사랑 앞에 제라르는 고개를 못 든다

죄 없는 친구 세니에를 기소한 자신이 부끄러워진다

사형을 당하는 연인과 함께

마달레나는 단두대를 선택하였다

죽음을 기다리는 공포의 시간이지만

(5월의 아름다운 어느 날처럼)

그들은 행복하였다
새벽을 기다리며 연인과 함께할 수 있음에
죽음도 두렵지 않았다
(나의 두 눈 안에 너의 하늘이 있다)
벅찬 사랑의 감동이 번진다

여자의 마음

- 오페라 '리골레토'를 보고

리골레토는 공작의 충실한 광대이어라

공작의 사랑을 찬양하며

사람들을 농락하며 즐거워한다

광대의 혀는 사람들을 조롱하고 비웃으며

그들의 슬픔이 나의 기쁨인 양

사람을 울리기도 하고 죽이기도 한다

낮은 신분의 백작들은 눈앞에서 자기 아내가 치욕을 당해도

아무도 공작을 거역하지 못하였다

공작을 부추기는 광대를 향해 마음속으로 저주할 뿐

질다는 사랑의 마술에 걸렸다

그의 마음은 해바라기처럼 뜨겁게 타오른다

누가 여자의 마음을 갈대라 했는가

여자의 마음은 부드러운 깃털과 같은 사랑이어라

리골레토의 딸은 바람둥이 공작에게 배신당한다

질다는 광대에게 목숨보다 더 귀한 딸인데

그의 희망이며 그의 보물이다

광대는 분노하며 암살자를 찾는다
악을 악으로 갚으려 한다
진심으로 공작을 사랑한 딸은
아버지를 만류해 보지만
아버지는 암살자를 찾아간다

애끓는 질다의 사랑은
암살자의 칼에 공작 대신 자기가 죽기로 결심한다
비록 나를 배신한 사람이지만
질다는 그가 죽는 것을 원하지 않는다
광대는 딸을 위해 공작을 죽이려 했지만
딸은 사랑을 선택하였다
아, 아버지의 복수의 칼에
딸이 죽다니

첫사랑

- 오페라 '예브게니 오네긴'을 보고

첫 만남

그를 보는 순간

다가오는 발소리만 들어도

쿵쾅쿵쾅

심장이 멈추어버릴 것만 같았네

매일 밤 꿈을 꾸며

상상 속에서만 꽃피우던

그 미지의 청년을 만나 밤새 괴로워하다

날이 밝았네

장문의 사랑 고백 봉인하여

그를 향해 화살을 쏘아 올렸지만

무참히 거절당한 타티아나

세상이 무너지듯 골방 속으로 밀어 넣었네

무료한 시골 생활에 바람기가 발동한 오네긴

친구의 애인 타티아나의 동생 마음까지

훔쳐 가 버렸네

애인을 빼앗긴 친구 결투를 신청하지만

황금 같은 젊은 날은

자작나무 숲으로 사라져 버렸네
긴 방랑의 여행길에서 돌아온 오네긴
공작부인이 된 타티아나를 만나
지난날을 후회하며
끓어오르는 사랑의 감정 고백하지만
넘어질 듯 넘어질 듯 뿌리치는 타티아나
첫사랑은
가슴속에서만 존재해야
영원히 아름다우리

가슴에 별이 총총

- 보후밀 흐라발의 '너무 시끄러운 고독'을 읽고

손수레를 끌고

폐지 줍는 사람 지나갈 때

폐지 압축공 한타를 떠올렸다

빨리! 빨리!

사장님의 고함 소리를 귓전으로 흘려보내며

파리가 들끓고 시궁창 냄새가 나는 쥐들과

동고동락하며

폐지 꾸러미 만드는 일이 그에게는

예술작품을 만드는 일이었다

정성을 다해

마치 거룩한 종교의식을 행하듯

기도드리는 마음으로

폐지를 압축한다

매일매일 쏟아지는 폐지 더미 위에서

보물을 찾는다

오늘은 어떤 멋진 책이 나를 기다리고 있을까

그는 책 속에서 도덕경에 빠지기도 하고

철학자가 되거나

성자가 되기도 한다
앵앵거리는 파리떼
쥐들이 책을 갉아 먹는 소리
퀴퀴한 곰팡이 냄새 나는 그곳이
그에게는 천국이다

새가 허공의 세계를 넓혀 가듯이

- 문태준 시창작 강의를 들으며

새는 허공에서 어떻게 세계를 넓혀 갈까?
이 나무에서 저 나무에게로
산 너머 바다 건너
바람을 가르며
아, 까마득하여라

나는 시심을 어떻게 넓혀 갈까?
자갈밭에 떨어진 씨앗 같은
언제나 제자리걸음
가까이 다가갈 수 없는
너와 나 사이
알쏭달쏭한 새 모이 같은 언어들을
마구 주워 모으며
허기진 배를 쓸어내린다

아직 다듬지 못한
울퉁불퉁한 돌멩이 하나 주워 들고
사랑한다 사랑한다

고백하며

어린 아기가 소리 나는 쪽을 향하여

기어가듯

오늘도 오감을 꺼내어 그쪽으로

걸어가 본다

4부 —————————————— 베지근한 가을

하논 마르

- 제주문화역사 나들이

병풍을 두른 듯
바람도 비껴가는 포근한 옛길
논둑길 따라 논물이 재잘대는 아늑한 곳에
까까머리 이병 같은
벼 빈자리마다 파르스름하게 싹이 돋아
상큼하다

추수가 끝난 하논 마르에서는
새소리와
물소리에
흘러가는 구름 한 토막 뚝 잘라놓고
가을을 끓이고 있다

큼지막한 하논 대접에
가을 한 국자 퍼 담아서
베지근한 가을을 건네고 있다

적송 위의 나부상

- 제주작가 문학기행

전등사 성문에 들어서면

적송 몇 그루 성문 옆에서

풍경으로 스며드는 토성을 지키고 있다

멀찍이 나무 그늘에 앉아

적송을 바라보노라면

가지 끝에 여인이 보인다

도편수와 사랑에 빠졌던 주모가

돈에 눈이 멀어 도망갔다더니

언제 돌아왔는지

적송 위에 걸터앉아

솔잎 사이로 보이는 바깥세상을 탐하고 있었다

소금 빌레

- 제주문화역사 나들이

절벽을 깎아 세운 듯한 다각형의 기둥 위에
멍석을 깔아놓은 너럭바위
너부작작 바닷물을 널어놓고
천형인 듯
하늘만을 바라보는 삶이었다

마르고 마르고 마르도록
살이 에이는
가난을 퍼 나르며
고단한 생활을 바닷물에 담그고 절이며
얼마나 뒤척였을까
고통의 사리 같은
하늘의 내려준 귀하니귀한
하얀 보석

아름다운 역사의 흔적을 간직한
천혜의 구엄리 소금 빌레
오늘도

태양 아래

눈부시게 빛나고 있었다

어머니의 사랑 같은

하얀 눈물

눈 섬

- 제주문화역사 나들이

누구의 작품인가?
차귀도 옆에 누워있는 사람
물의 대지 위에 엎디어
해초들의 노래를 듣는
그대는

입동을 앞둔
마지막 가을 잎새 같은
입김이 스칠 때
갯가의 억새도 꺾이고 휘어지며
누울 자리를 펴고
말 없는 한치도 선창가에서
훌훌 옷을 벗어버리고
곡예사의 그늘 같은 하루를 말리고 있다

눈 섬을 바라보는
행인도
그대 따라 눕고 싶다

먼먼 태고의 자장가 속으로

숨어들 듯

자연의 품속으로

대흥사 연리근 앞에서

- 도민문학학교 기행

세상에 인연 아닌 것이 어디 있으랴
우리는 모두 인연의 그늘에서 살아간다

부모님의 그늘에서
남편의 그늘에서
자식의 그늘에서
이웃의 그늘에서
나라의 그늘에서
하늘의 그늘에서

대흥사 연리근 느티나무
오백여 년 세월 동안
스치고 지나간 많은 인연같이
하늘의 뿌리에 손끝을 대어본다
아무 시름 없이
하늘의 그늘 붙잡고 살아가고 싶다

몽돌 해변

- 도민문학학교 기행

천의 얼굴

둥글둥글 닮은 꼴이면서도

하나도 똑같은 돌은 없다

너와 나의 갈등 속에서

서로 부딪치며 다듬어지고

욕심이 깎이고

고집이 부드러워지며

미움이 둥글어질 때까지

파도에 씻기는 몽돌 소리 들으며

자울락 자울락 걸어가야 하는

우리네 인생길

위태로운 산담

- 제주문화역사 나들이

아라동 언덕에 고한조와 전주 이씨 합묘 찾아

길 떠났다

가시덤불 우거진 모기 벌레 기승을 부리는 팔월 중순

왕성한 여름 수풀 헤치며

긁히고 찔리고 물리며

갑인년 대흉년에 쌀 삼백 석을 나라에 헌납하고

서당을 설립하여

유학제생들에게 학문을 권장했던

의로운 대정현감의 묘

사방으로 조여오는 개발 바람 부는 곳에

주인 없는 무덤처럼

고사리와 억새와 잡풀만 왕성하게 우거져있다

구름 따라 흘러가듯 언제 사라질지 모르는

위태로운 운명 앞에 침묵으로 저항하는

산담에 피어난 고독한 하얀 이끼들

우람한 넓은 산담 앞에는

제물로 익어가는

갈장기만 올망졸망 맺혀있다

돌에도 길이 있어

- 제주문화역사 나들이

한라산 봉우리를 움푹 떠다 세워놓은 듯
봉긋한 산방산
깎아지른 절벽들이
지는 해에 빛나고 있다

현무암 천지인 제주 들녘 사이에
귀하게 솟아난 누르스름한 덩어리들
그 옛날 비석도 만들고 동자석도 만들었다는
산방산 조면암 찾아갔다
구전으로 흐르듯
쪼개진 파편들이 여기저기 널려있다
조개무덤 같은 조면암 자투리들이
옛이야기 들려준다

돌에도 길이 있어
아무리 힘이 센 장사라도
집채만 한 덩어리 비석 돌 채취할 때는
힘으로만은 얻을 수 없어

돌의 길을 볼 수 있는 돌챙이 눈이 필요해요
실금 같은 결을 바라보며
돌의 길 찾아가듯
길 없는 길 위에서
삶의 길 찾아가요

꽃 잔대 같은 여인

- 제주문화역사 나들이

돈두악 비석 산지에
숙부인 광주 김씨 무덤 보았다
비록, 비석에 부인의 이름 석자는
새기지 못하였지만
후세에 위풍당당하다
가문의 벼슬과 경제력을 과시하듯
넓은 산담과 동자석이 대변해 준다

사람은 죽어서 이름을 남긴다는데
숙부인 광주 김씨는 이름 대신 꽃을 남겼다
무덤가 온통 꽃 잔대로 뒤덮여 있다
여인의 아름다운 자태를 보여주듯
햇살에 부서지는 가녀린 모습 속에 보랏빛 종소리
은은하게 들려온다
죽어서도 꽃이 되고 싶은
두불 처로 살아온 여인

부덕량의 묘 앞에서

- 해녀항쟁 90주년 세화리 예술제

미나리아재비꽃으로 수놓은
노란 이불을 덮고 있는 부덕량의 묘 앞에
묵념한다
오월의 싱그러운 봄바람 곁에서
꿈을 꾸듯
하도 종달 세화 우도 시흥 오조리 지역 해녀들이
미나리아재비꽃을 들고
파릇파릇 까까머리 새왓 사이로
올망졸망 모여들었다

호이호이
해녀들의 숨비소리 들리는 듯
목숨 걸고 투쟁하던 그날의 아픈 기억들이
엉겅퀴꽃 피뢰침같이 붉게 솟아오른다
꽃다운 나이에 고문 후유증으로 폐결핵을 앓다
한 송이 보랏빛 엉겅퀴꽃으로 피어난
제주의 딸 해녀 여장부
하도리에서 태어나 열일곱 살부터

바다에서 숨비질하며
야학 강습소에서 노동의 가치를 배우고
민족자주의식을 깨우쳐
해녀 조합의 부당함에 항의하며
앞장서 투쟁했던
자랑스러운 제주의 딸

부춘화 김옥련 고순효 김계석도
동무 소식 궁금하여
미나리아재비꽃을 들고 찾아온 듯
온통
노란 꽃밭이다

성읍리 정소암 가는 길

- 고전문학 기행

방향을 모르는 고독 속으로
걸어 들어간다
여름 냄새 물씬 풍기는
오월의 끝자락
차오르는 숨소리 조율하며
자갈길을 걷는다

더덕향을 맡으며 더덕밭을 지나고
외줄 타는 곡예사의 팽팽한 긴장감으로
외나무다리를 건너고
호미로 길을 내주는 안내자를 따라
내창으로 들어선다
높낮이가 다른 징검다리 건반을
이리저리 건너가면
새소리 들려온다

맑은 하늘에는 무거운 가마를 어깨에 메고
술과 음식을 짊어지고
솥단지 들고 징검다리 건너
화전놀이 즐기러 오던
정의 현감의 일행도 지나간다
오랜 가뭄에도 물이 마르지 않아
영주산 신선들이
불로장생 단약을 달였다는
정소암에서
구름 따라 역사 속으로 들어가 본다

토종 씨앗 지킴이

- 우영팟과 제주토종 씨앗 지킴이를 만나고

청둥오리 어린 새끼들 쪼르르 거느리고

헤엄치는 오월의 햇살 가로질러

보리콩을 따러 갔다

삼십 분도 안 되어 체험하는 회원들

콩 줄기 뿌리째 뽑아 들고

너도나도 대나무 그늘 옆으로 모여들었다

보석이라도 감정하듯

햇빛 엑스레이 찍어보며

토실토실 실하고 잘생긴 옥구슬만 찾다가

비실비실 쭉정이 같은 빈 젖꼭지도 남김없이

모가지를 비틀었다

너희들이 토종 씨앗 생명이라 생각하니

고맙고 신기했다

몇 세대를 거치면서 오늘까지 잘도 버티었구나

이웃 밭 넘보지 않고 작고 볼품없어도

파치면 파치대로

귀한 전통과 토종의 맥이 흐르는

생명의 탯줄 이어왔구나

너도나도 돈을 좇아

쉽게 농사짓는 방법을 선택했지만

건강한 먹거리를 위하여

토종의 생명을 지키기 위한 미련을 떨며

고집을 심어 놓고 하루에도 수십 번씩

골갱이로 마음을 갈아 엎었으리라

이 못난 파치 같은 새끼들을 품으며

그래도 먼 훗날 토종이 우리를 먹여 살려주리란

희망을 심었으리라

무뚝뚝한 돌하르방 미술관 터줏대감도

오늘은 빙색이 웃으며

하트를 보내고 있다

전세비덕 코지

- 제주문화역사 나들이

여기는 서녘펜 바당
제주 서쪽 꿋댕이
영락리 전세비덕 코지에 왔다

간밤에 ᄀ절이 울다간 흔적이
여기저기 파도에 밀려와
메역 귀 잘린 패잔병들이
돌 틈에서 한가로이 나폴거린다
바당은 언제 울었느냐
시치미 뚝 떼고
펀두룽 펀두룽ᄒ다

해가 지고 있다고
인생이 다 끝났다고
절망하는 사람들
전세비덕 코지와 와서
ᄒ룻밤 절과 함께 목놓아 울고 나면
누구나 다시 꿈을 꾸게 되리

여기는
제주 서쪽 끗댕이면서
동녘 짝 바당을 향하여 나가는 곳
해 뜨는 곳을 향하여
출발하는 곳

불림모살길 따라

- 제주문화역사 나들이

평대리에 가면
달마를 닮은 사름이 있다
그 ㅁ을 해설사이면서
유기농 당근 농시를 짓는 농부이면서
당근주스를 판매하는 카페 사장님이시다

텁수룩한 수염과 너털웃음으로
불림모살길을 걸으며
옛말 들려주는
삼거리 폭낭 달마이시다

두린 아기들만 보면 쏨지돈 쥐어주던
좀좀하루방 이야기
폭낭 아래서 빈둥거리는 어른이나
놀고 있는 두린 아기를 보면
욕하고 다울리던 혹혹 하루방 이야기
욕먹던 비석 이야기
가심속에 줌자던 숨은 이야기

먼먼 슬픈 사연 속으로 데려다준다

불림모살길 따라
당근길 따라
냉이꽃 같은 이야기 속으로
데려다 준다

5부 ———————————— 봄을 피워 올렸다

거미줄

만선을 기원하며
공중에 그물을 던졌다
나무와 억새 사이 작은 가지에
긴 빨랫줄 하나 걸어 놓고
가을을 널었다

나무에서 가을 냄새 물씬 피어오를 때
빨갛게 물들고 싶었다
바람난 작은 벌레들
풍덩풍덩
가을 속에 빠져버렸다

모빌 같은 별자리 무덤 하나
공중에 매달아 놓았다

나도 수정초

바람이 지나가는 길목에
누구를 위한 촛불을 켜 놓았을까

개미와 벌레들이 서성이는
그늘진 그곳에
먼 길을 달려온 동방박사같이
발걸음 멈추게 한다

켜켜이 쌓인 낙엽 뚫고
고개 내민 새 생명

고요를 쪼아먹는 새소리를 머리에 이고
세상을 향해
맨몸으로
작은 촛불 하나 켜고 있다

끝물에 핀 호박꽃

허겁지겁 녹슨 철조망 사이를 기어올랐다
혼신의 힘을 다하여

좋은 시절 다 보내고 나서야
칠삭둥이처럼 푸르딩딩한 젖꼭지를 매달아
지나가는 바람도 안쓰러워
주춤거린다

생의 마지막 순간까지
최선을 다할 뿐

땅만 보고 사느라고

노인정 앞 깃대에 너덜너덜한 태극기가 펄럭인다

사람들은 태극기를 깃대에 매달아 놓고
우리의 의무 다했다고
눈길 한번 제대로 주지 못하였다
야금야금 바람이 베어먹어도
네 몸이 나뭇가지에 걸려 너덜너덜하도록
공중에 매달아 두었으니
비가 오면 비를 맞으며
바람 불면 바람에 흔들리다
나뭇가지에 걸려 갈기갈기 찢겨도
우리는 땅만 보고 사느라고
고개 들고 깃대 한번 쳐다보지 못하였네

부끄러운 우리의 얼굴

떨어져 있는 것들

나무들이 가을볕에 앉아
화장을 한다
화장이 짙어질수록
나무는
소소한 바람에도 자꾸
삐진다

햇볕을 가려주던 그 많던
푸른 잎이 탈모증으로
하루가 다르게 가지가
휑해지던 날

바람 없는 안방에도
자고 나면
여기저기
떨어져 있는 머리카락들
저물어 가는 날의 비애 같은
쓸쓸함으로

밥심

오랜 세월 견디어온
고목 같은 식당 이름

식당 귀퉁이 처마 밑에
비루먹은 나무 한 그루
천덕꾸러기처럼 모질게 자라다
어느 날 불끈
밥심으로 식당 지붕을 뚫고
하늘 향해 두 팔 벌렸다

쇠락해 가는 지붕 위에서
공중에 묘판을 만들고
불끈불끈 밥심으로
봄을 피워 올렸다

순종

당기세요

우린 참 불편한 관계다
내가 가까이 가는 것을 거부하듯
그대의 무게가 나를 자꾸
밀어낸다
여기까지 용기를 내어 찾아왔는데
거절 아닌 거절 같은
한 발 뒤로 물러서라니
그렇다고 그대가 내게로 걸어오겠다는
약속도 아니면서

그래도
당기세요
댄스를 신청하듯
공손히 예의를 갖춰
오른발을 사뿐히 뒤로
무릎 굽히면서

투명한 사각 하늘을 향하여
구름 손잡이를 잡고 가볍게
춤을 추듯

문을 당기세요

아침을 여는 수다

꽃잎이 조용히 눈을 뜨는 시간
어둠을 밀어내며
나무들이 살랑살랑 허밍으로
아침을 열 때

각각각 각각각
가깝고도 먼 곳에서 들려오는 소리
새벽 어시장의 팔딱거림 같은 생기로
아침을 깨운다

오늘은
클린 하우스 쪽 동네가 수상하다
시장바닥에서 목소리 높여 웅성거리듯
까치들의 수다 속에
활력을 뿜어내는 삼도동의 아침이
열리고 있다

우울을 씻으러

태풍이 지나간 하늘은 며칠째 우울하다
짙은 회색 거리에는
바람이 공놀이를 하며
플라타너스 잎을 이리저리 몰고 다닌다
돌담에 담쟁이 누렇게 말라가는
골목길 돌아 바다로 간다

퀵 오토바이가 곡예를 하듯 지나가고
산책하는 사람
마라톤 하는 사람
자전거 타는 사람
낚시하는 사람
바다를 구경하는 사람
물질하는 해녀들
갯가 좌판에서 해산물을 사 먹는 사람들

하늘은 보채는 어린아이와 같이 울상이어도
해안도로는 우울을 몰아내는 따로국밥

사람들은 한 꺼풀씩 구름을 거둬간다
무거운 발걸음에도 바람꽃이 피어난다
텁텁한 입안에서는 솜사탕 같은 구름이
녹아내린다

녹차 들깨 수제비를 먹던 날

흙길을 걷다 정자 옆에
아카시아꽃 만발하여
너도나도
추억을 소환하며
한 소식 전한다

아카시아 줄기 하나 꺾어
너는
아들 딸 아들
딸딸 먹고
나는
너 나 너 나
좋아한다
어린 잎을 먹는다
추억은 뭉게구름으로 흐르고
입안은 화사하고 고소하여
꽃향기 멀리멀리 하늘을
헤엄쳐간다

매콤한 아궁이 앞에서

눈 비비며 수제비 끓이던

고향 집 정지를 불러들여

오늘은 연우네 집에서

투박한 그릇에 아카시아 여린 잎을 담아

언니와 함께

오월의 추억을 먹는다

이름 따라

끝장 떡볶이집 출입문은 굳게 닫은 지 오래
바람에 먼지 수북이 쌓이고
피부병을 앓았는지
군데군데 페인트칠이 벗겨지고
정신줄 놓은 노인네같이 멀거니 앉아있다
그도 한때는 팔팔하던 때가 있었겠지요
밤새 풍선을 불며
주름살 없는 탱탱한 얼굴로
손발 분주했겠지요
와글와글 아이들이 모여들어
서로서로 끝짱을 내겠다고
첫날부터 벼루었으니
주인장도 덩달아 수화기를 들기만 하면
끝짱입니다
끝짱입니다
정말로 끝짱을 내고 말았네요

버스를 기다리며

버스 정류소에 한 노인이 앉아있다
불볕더위에 닭벼슬 같은 모자를 여러 개 포개 쓰고
지난날의 화려한 이력을 자랑하듯
모자 위에 모자 모자 모자
작은 키를 더 무겁게 누르고 있다

한라산의 정기를 받은 듯한
부리부리한 눈
날카로운 코
굽은 등에 지팡이를 짚고
범상치 않은 모습으로
때 묻은 비닐 가방 하나 옆에 놓고
두고 갈 세상이 사뭇 아쉬운 듯
지나가는 사람을 향해
사발 깨지는 분노를 던진다

종점을 바라보며
어느 시인처럼
한 세상 아름다운 소풍이었노라고
고백할 수 있다면

우리가 타야 할 버스는 언제 올 것인지
종점은 아직 멀었는지
나는 언제 내려야 할 것인지
아무도 알 수 없는
버스를 기다리고 있다

시의 '대화적 상상력',
'시린 아름다움'의 감응력

고명철

문학평론가, 광운대 교수

시의 '대화적 상상력',
'시린 아름다움'의 감응력

1. 시인이 펼치는 '대화적 상상력'

어쩌다 보니 김순선 시인의 시집 해설을 세 번 맡게 되었다. 참으로 기이한 문학적 인연이 아닐 수 없다. 4·3의 역사적 상처를 웅숭깊게 응시하는 시집(『백비가 일어서는 날』)을 만나면서, 무엇보다 시집 제목에서 뚜렷이 드러나듯, '4·3백비白碑'에 당당히 새겨질 4·3에 대한 정명正名을 향한 시인의 시적 결기가 생생하기만 하다. 그런가 하면, 일상의 사소한 풍경들 사이에 틈입한 온갖 삶의 고통과 상처에 대한 시적 치유의 힘을 벼리고 있는 시집(『사람 냄새 그리워』)은 시(인)와 일상의 관계를 냉철하면서도 뜨겁게 성찰하도록 한다. 이처럼 두 권의 시집을 통해 나는 역사와 일상에 대한 김순선 시인의 시세계와 소중한 문학적 인연을 맺었다.

　그런데 이번 시집의 경우 표면상 역사와 일상이 전경화前景化돼 있지는 않다. 수록된 시들의 부제목에서 알 수 있듯이, 시인은 문학의 인접 장르들-가령, 미술, 사진, 연극, 영화 등에 대한 관람과 감상을 비롯하여, 제주를 중심으로 한 역사문화 나들이 경험에 대한 시적 재현에 비중을 둠으로써 시적 대상이 지닌 비의적秘儀的인 어떤 것을 탐구하고 있다. 우리는 김순선의 이러한 시쓰기를 '대화적 상상력'의 측면에서 톺아볼 수 있다. 그러니까 시인 김순선은 이번 시집에서 시적 화자로 하여금 문학 외의 다양한 예술 장르의 감상과 역사문화 답사의 경험 속에서 그 시적 대상들이 지닌 미적 가치와 문제의식과 전언과의 '대화적 상상력'을 감행한다. 이것이 바로 내가 접했던 김순선 시인의 두 권의 시집과 이번 시집이 구분되는 이유다.

　여기서, 주목해야 할 것은 이들 시적 대상을 찬찬히 응시하는 시인의 겸허한 시적 관조觀照를 바탕으로 한 시적 진실의 면모다. 여기에는 20여 년의 시력詩歷을 지닌 70대의 원숙한 김순선 시인이 삶을 보다 넓고 깊게 헤아리기 위해 진력하는 시쓰기의 진정성이 뒷받침되고 있음을 강조하고 싶다. 그래서 이번 시집을 흐르고 있는 '대화적 상상력'은 시인과 함께 다양한 예술 장르를 감상할 뿐만 아니라 역사문화 탐방을 경험한 것에 대한 시적 진술을 넘어선, 우리들 삶과 뭇 존재를 아우르는 모든 것에 대한 겸허한 시적 성찰의 교응과 감응에 미친다.

2. 시와 전시회의 대화적 상상력(1)
- '시린 아름다움'을 응시하는

김순선 시인이 접한 다양한 예술 장르와 그 개별 작품은 서로 다른 예술적 완성도와 미적 성취를 자아낸다. 따라서 이것들과 조우하는 그의 시적 상상력은 그만큼 독특한 시적 개성을 드러낼 뿐만 아니라 시적 진실 면에서도 다양한 층위를 나타낸다. 그중 각별히 눈에 띄는 게 있는데, 김성준의 사진전 '빛은 흐르고'를 본 후 쓴 시가 그것이다.

사막을 건너온

낙타의 등 같은

조랑말의 능선

초원을 달리던 오름을 닮아가는 곡선 위에

빛이 흐른다

어둠을 밀어내며

따뜻한 봄을 기다리는

바람 따라 가지를 뻗듯

고개 숙인 그의 꿈이

꿈틀거린다

듬성듬성 늘어진 갈기 뒤로

오름을 닮아가는 그의 등허리가

시리도록 아름답다

– 「아름다운 능선」 전문

이 시는 이번 시집을 이루고 있는 시들 중 절창이라 해도 손색이 없을 만큼 시집 전체를 꿰뚫고 있는 흡사 고양이의 눈과 같은 시안詩眼의 역할을 맡고 있다. 시적 화자는 '빛은 흐르고'의 주제를 내건 사진전을 감상하다가, 짐작하건대, '아름다운 능선'을 찍은 사진의 매혹에 몰입해 있다. 따라서 위 시는 몰입하는 시의 감응력을 보여주듯, 우리에게 중요한 것은 이 사진이 지닌 풍경에 대한 리얼한 재현의 여부가 아니라 이것의 빼어난 미적 성취를 시인이 얼마나 시적 재현의 언어로 잘 표현하는가 하는 점이다. 그럴 때 우선 주목되는 것은 각 연의 서술어로 자리한 "빛이 흐른다"와 "꿈틀거린다"와 "시리도록 아름답다"가 거느리는 지배적 심상이다. 이들 서술어로부터 시간과 공간은 물론 이것에 교응하는 시적 화자의 내면 풍경에 대한 시의 감응력이 배가하고 있다.

　사진의 실물을 보지 않고 이 시의 상상력을 따라가보자. 칠흑의 적요寂寥에 휩싸여 있던 제주의 오름에는 빛이 비친다. 그것의 형상은 "사막을 건너온/ 낙타의 등 같은/ 조랑말의 능선/ 초원을 달리던 오름을 닮아가는 곡선"으로, 이 빛은 제주의 오름이란 공간에만 국한된 게 아니라 저 먼 대륙의 광막한 사막과 초원을 자유롭게 횡단하여 굽이쳐 흐르는 속성을 지닌다. 어디 이뿐인가. 이 빛은 "어둠을 밀어내며/ 따뜻한 봄을 기다리는/ 바람 따라 가지를 뻗듯" 힘찬 생명력으로 약동하는 속성도 지닌다. 그러므로 제주의 오름 능선을 비추는 빛은 광활한 대지를 막힘없이 자유롭게 흐르며, 대지를 집어삼킨 어둠과 한겨울 추위를 밀어내버리는 생명력의 약동을 동시에 지닌 부드러우면서도 힘찬 속성을 갖고 있다. 그런데 시인은 이 같은 오름의 내면 풍경을 "시리도록 아름답다"

고 응시한다. 참으로 절묘한 시적 표현이다. 김성준의 사진전과 나누는 대화적 상상력의 비밀은 바로 이와 같은 내면 풍경을 시인이 시적 재현으로 포착하고 있다는 점이다. 달리 말해, 이것은 김순선 시인의 내면 풍경을 나타내는 것이기도 하다. 그러니까 시인의 내면 풍경은 제주 오름에 비친 빛의 형상의 속성과 그것의 내면 풍경에 교응하는바, 부드럽게 막힘 없이 자유롭게 흐르며 힘차게 약동하는 생명력을 지니되, 그것의 내면은 제주가 겪은 사회문화 및 역사 생태가 말해주듯 험난한 세계 속에서 벼려온 '시린 아름다움'의 미적 가치를 품는다. 이것은 홍진숙의 '용천수의 꿈'이란 그림 전시회를 보며 "깨끗하고 정의로운 삶을 꿈꾸는/ 제주의 아들딸들에게/ 생명의 젖줄을 건네고 있다"(「토산 노단샘」)는 시구에서 보다 구체적으로 드러난다. 기실, 김순선 시인을 비롯하여 제주에서 살고 있는 사람들은 "햇빛과 비와/ 바람의 사랑으로/ 인내의 시간을 견딜 수 있었으리라"(「나무로 살아가기」)에서 알 수 있듯, '시린 아름다움'이 함의한 삶의 숭고한 가치를 일상에서 살고 있기 때문이다.

3. 시와 영화의 대화적 상상력(2)

- '오랜 기다림'과 '자기해방'

여기, '시린 아름다움'을 함께 공유할 수 있는 시 「단팥 인생」을 음미해보자. 이 시는 일본 영화 '앙'과의 대화적 상상력을 펼치고 있다. 시인은 대략 두 시간 상영된 이 영화를 한 편의 시로 훌륭히 소화해낸다. 영화를 보지 않은 독자들은 이 시를 음미하는 것만으로도 영화가 간직한 문제의식과 삶에 대한 웅숭깊은 성찰적 지혜를 충분히 감응할 수 있다. 영화도 그렇듯이 시에서도 두 인물이 등장한다. 생업을 갖고 있다는 것만으로 자족하는, 그렇다고 자신의 생업인 단팥빵을 만드는 일에 그리 정성을 쏟는 것도 아닌 채 반복적이고 지루한 일상에 구속된 것으로 자신의 무의미한 삶을 이어나가는 남자 주인은 어느 날 한 노파를 아르바이트생으로 채용한다. 노파는 단팥빵 재료를 정성스레 준비하며 주인이 만들었던 것과는 비교할 수 없는 풍미의 단팥빵을 만든다. 영화는 이 과정을 심드렁한 일상처럼 느리고 완만하게 때로는 지겨움을 느낄 정도로 이 두 인물의 세밀한 관계에 초점을 맞춘다. 김순선의 「단팥 인생」은 이 영화와의 대화적 상상력을 통한 시적 재현의 언어로 '시린 아름다움'이 어떤 것인지를 보여준다.

> 팥과 물엿이 처음 만나는 순간
> 서로를 알아가며 스며드는 시간이 필요하듯
> 우리의 만남도
> 기다림이 필요하다
> 팥의 소리에 귀를 기울이며
> 마음을 다하여 정성으로 팥을 대할 때
> 팥의 소리를 들을 수 있다
> 팥의 소리가 들릴 때 비로소
> 맛있는 단팥 앙금을 얻을 수 있다
> 오랜 기다림으로 마음을 다할 때
> 달빛의 소리도
> 새의 마음도
> 들을 수 있나니
>
> – 「단팥 인생」 부분

노파가 만든 단팥빵이 풍미를 얻는 비밀은 엄청
난 데 있지 않다. "바람과 비와 눈과 햇빛이/ 수많은
수고로움과 정성으로 당도했으니/ 한 알 한 알 팥을
골라내"(「단팥 인생」)는 일이 무엇보다 선행되어야 하
며 가장 기초적인 일이다. 그다음 서로 다른 속성을

지닌 팥과 물엿이 "서로를 알아가며 스며드는 시간이 필요하듯" 온 정성을 다하여 이들이 서로에게 스며들고 배어드는 시간을 기다릴 수 있어야 한다. 이 시간이야말로 "팥의 소리"와 "달빛의 소리"와 "새의 마음"에 귀 기울여야 할 성속일여聖俗一如가 현재화顯在化되는 경이로운 시간이기 때문이다. 그러므로 주인이 만든 단팥빵이 맛이 없었던 것은 이 "오랜 기다림"이 동반하는 '시린 아름다움'에 무심했든지, 아니면 그도 알고 있었지만 강퍅한 삶의 현실에서 이것을 망각했거나 둔감해졌을지 모른다. 말하자면 주인이 '시린 아름다움'을 느끼고, 그것을 생성시킬 삶의 욕망과 의지가 스러졌던 것이다. 이에 대해 시인은 나지막이 노래하고 있지 않은가. 결코 늦지 않았다고. 존재의 관계가 갖는 '시린 아름다움'을 외면하지 않고 그것이 우리에게 다가오는 경이로운 시간을 인내심 갖고 기다린다면 우리 모두 영화 속 단팥빵의 깊은 풍미를 체득할 수 있는 것이다.

이렇듯이 김순선이 영화와 나누는 대화적 상상력은 그의 시적 재현에서 한층 깊은 시적 진실의 감응력을 보인다. 이와 관련하여, 영화 '그리스인 조르바'에 대한 「조르바, 너는 지금 뭐하니」의 시적 진실을 눈여겨볼 필요가 있다.

지금 이 순간

눈앞에 있는 것에 최선을 다할 수 있다면

내게도 놀람과 감탄으로 환희를 느끼며

꽃의 말을 들을 수 있는 열린 귀가 있다면

소유에 대한 무거운 집착을 훌훌 벗어던지고

나의 감옥에서 용감하게 탈출하여

자유를 누릴 수 있다면

우리 함께 춤을 출 수 있겠지

조르바, 너는 지금 뭐하니?

(키스해)

(그럼 딴생각하지 말고 키스하는 데만 집중해)

산토르 악기 소리가 강물같이 밀려온다

사업의 실패 앞에서도

갈탄광을 다 말아먹고도

하늘 보고 땅을 보며 덩실덩실 춤을 추며

새처럼 날아오른다

　　　　　　　－「조르바, 너는 지금 뭐하니」 부분

　　세계문학의 고전에 나오는 작중인물 중 조르바처럼 매력적 인물을 만나기 힘들 것이다. 작가 니코스 카잔차키스의 원작 『그리스인 조르바』를 영화로 만들었고, 이를 본 시인은 조르바의 풍찬노숙의 인생을 시로 노래한다. 영화에서도 매우 인상적이듯, 위 시에서도 시인은 조르바가 "소유에 대한 무거운 집착을 훌훌 벗어던지고/ 나의 감옥에서 용감하게 탈출하여/ 자유를 누"리는, 가장 조르바다운 자유의 춤을 함께 추고 싶다. 그래서 우리가 예의주시할 것은 시인도 그렇듯이 자신을 옭아매고 있던 유무형의 감옥으로부터 스스로를 놓여나도록 하는 '자기해방'을 추동시키는 '자유'의 존재다. 우리는 알고 있다. 조르바가 욕망하는 그리하여 조르바의 춤에서 발산되는 자유의 춤사위가 '자기해방'을 겨냥하고 있기 때문에 그 무엇과도 비교할 수 없는 숭고한 가치를 지니고 있다. 이 또한 삶의 대지에서 얼마나 처절한 외로움을 견뎌야 하는지, 존재들과의 관계에서 숱한 상처와 고통을 겪어야 하는지를 조르바의 춤사위는 역설적으로 보여준다. 왜냐하면 조르바의 춤은 시인이 이번 시집에서 궁리하는 '시린 아름다움'이 지닌 시적 진실의 가치와 그 성찰적 전언과 결코 무관하지 않기 때문이다. 그래서일까. 황금만능주의에 탐닉하는 세태와(『수레바퀴』), 경제적 빈곤의 나락 속에서 죽음마저 희화화되는 현실과(『관』), 장애복지 사각지대를 양산하는 제도적 복지의 부조리 실태(『그림의 떡』) 등에 대한 시인의 매서운 사회적 증언·고발·비판은

'시린 아름다움'의 시적 진실을 다시 한번 주목하도
록 한다.

4. 시와 역사문화 탐방의 대화적 상상력(3)
- 제주의 살아 있는 공붓길

이제, 이번 시집에서 비중을 두는 대화적 상상력
의 또 다른 측면을 음미해보자. 김순선 시인은 '제주
문화역사 나들이'란 부제목의 여러 시들을 비롯하여
역사문화 현장을 탐방한 경험의 시들을 내보인다. 그
는 제주의 사회문화와 역사생태의 숨결이 깃든 곳곳
을 흡사 순례하듯 보고 듣고 매만지면서, 새롭게 발
견하고 깨우치고 성찰한다. 그에게 이 현장 답사의
길은 제주 태생 시인의 존재론적 바탕뿐만 아니라 우
리의 삶을 어떻게 하면 튼실히 살아가야 할지에 대한
공붓길을 안내하는 시적 실천을 수행한다는 점에서
자꾸만 눈에 가는 시편들이다.

　　　두린 아기들만 보면 쏨지돈 쥐어주던
　　　좀좀하루방 이야기
　　　폭낭 아래서 빈둥거리는 어룬이나

놀고 있는 두린 아기를 보면

욕하고 다울리던 혹혹 하루방 이야기

욕먹던 비석 이야기

가심속에 줌자던 숨은 이야기

먼먼 슬픈 사연 속으로 데려다준다

-「불림모살길 따라」 부분

돌에도 길이 있어

아무리 힘이 센 장사라도

집채만 한 덩어리 비석 돌 채취할 때는

힘으로만은 얻을 수 없어

돌의 길을 볼 수 있는 돌챙이 눈이 필요해요

실금 같은 결을 바라보며

돌의 길 찾아가듯

길 없는 길 위에서

삶의 길 찾아가요

-「돌에도 길이 있어」 부분

너희들이 토종 씨앗 생명이라 생각하니

고맙고 신기했다

몇 세대를 거치면서 오늘까지 잘도 버티었구나

이웃 밭 넘보지 않고 작고 볼품없어도

파치면 파치대로

귀한 전통과 토종의 맥이 흐르는

생명의 탯줄 이어왔구나

　　　　　　　　　　– 「토종 씨앗 지킴이」 부분

　시적 화자는 평대리에서 마을 해설사를 만난다.
그는 당근 농사를 짓는 농부이자 카페 사장이며 "옛
말 들려주는/ 삼거리 폭낭 달마"(「불림모살길 따라」)다.
그는 평대리 마을 관련 숨은 이야기를 재밌게 들려주
는 이야기꾼인 셈이다. 우리는 상상할 수 있다. 시적
화자는 이 이야기꾼 마을 해설사를 만나 얼마나 행복
했을까. 그동안 무심결 지나쳤던 평대리에 이토록 많
은 숨은 이야기들이 생명력을 유지하고 있기에 평대
리는 제주의 지리상 존재하는 행정구역상 한 지역을
넘어 오랫동안 숨결을 지녀온 자족적 생명체로 다가
왔을 터이다. 그런데 이것은 평대리에만 국한되지는
않을 것이다. 시인이 밟은 제주의 곳곳은 이러한 숨
은 이야기들이 누군가에 의해 구술연행口述演行되고
있을 것이다. 그래서 제주의 길을 따라 걷는 것은 시
인에게 공붓길이다. 화산 토양의 거칠고 울퉁불퉁한
돌투성이 제주의 길을 걷는 것은 제주 사람들에게
"길 없는 길 위에서/ 삶의 길 찾아가"는 것과 다르지 않은 "돌의 길을 볼 수 있는 돌챙이 눈"을 갖고 "돌의 길 찾아가"야 하기 때문이다(「돌에도 길이 있어」). 그 길 위에서 시적 화자는 "토종 씨앗 생명"의 강인한 생명력을 새롭게 발견하며, 그 "작고 볼품없어도/ 파치면 파치대로/ 귀한 전통과 토종의 맥이 흐르는/ 생명의 탯줄 이어왔"다는(「토종 씨앗 지킴이」), 즉 제주의 뭇 존재들이 벼려온 '시린 아름다움'의 가치에 감명한다.

그렇다. 제주의 이러한 '시린 아름다움'은 제주 사람들과 제주의 풍정風情이 어우러져 만들어내고 있는 제주의 귀중한 미적 가치가 아닐 수 없다. 그런데 날이 갈수록 제주의 "위태로운 운명 앞에 침묵으로 저항하는/ 산담에 피어난 고독한 하얀 이끼들"(「위태로운 산담」)이 눈에 밟히는 이유는 무엇일까. 시집 맨 마지막에 있는 「버스를 기다리며」에서 노인이 행인을 향해 던지는 분노가 그 자신과 사회를 향한 어깃장으로서 불평불만으로 이해되지 않고 제주의 뭇 존재가 감당해야 할 여러 문제들에 대한 꾸짖음과 비판으로 다가온다. 그러므로 노인의 분노를 주목하는 김순선 시인의 시적 진실이 각별한 것은 제주에서 살고 있는 개별 존재는 물론 그 모든 관계의 총체가 가야 할 길에 우리가 무심할 수 없음을 상기한다. 이에 대한 시적 비유로서 우리 모두는 종점이 어디인지 알 수 없는 제주의 또는 삶의 버스를 기다리고 있다.

우리가 타야 할 버스는 언제 올 것인지

종점은 아직 멀었는지

나는 언제 내려야 할 것인지

아무도 알 수 없는

버스를 기다리고 있다

– 「버스를 기다리며」 부분